JN096673

エッセイ集

私の昭和

目次

私の昭和

昭和のはじめ頃、昭和六年（一九三一）に私は生まれた。名は昭和の申し子のような昭子(あきこ)。昭和にちなんで名づけられた子どもが大勢いると思う。親戚にも和子、昭夫、信昭、昭子(しょうこ)などなど——。いとこの昭子(しょうこ)は私の方が正統派だと言っていた。

しかし、その頃すでに軍靴の音は近づいていたのである。

私は京城(ソウル)で育った。

幼少時代はまさに戦争のまっただ中、たくさんの慰問袋を作って兵隊さんに送った。中身は手紙、あめ玉、手作りの品々、兵隊さんの心の慰めになっただろうか……。そして数え切れない兵隊さんの命が戦いに散っていった。千人針、出征兵士を送る歌〝欲しがりません勝つまでは〟今も記憶の底に鮮やかに残っている。

昭和二〇年八月一五日。蝉の声が一瞬途絶えたような、女学校の校庭に並んで玉音放送を聞いた。上級生も同級生も学徒奉仕で工場に行き、私達、虚弱残り組と下級生だけ、がらんとした校庭、マイクが悪いのかよく聞きとれなかった。

「耐えがたきを耐え……、しのびがたきを……」と聞こえたので、食料がなくても耐えて戦うようにとのことかと話し合ったが、近くの京城放送局に確かめにいった先生から、戦争は終わったのだと聞かされた。

戦争は負けて終わったのだ。京城の空を飛んでいたB29は、もう飛んでこない！　とうとう神風は吹かなかった。

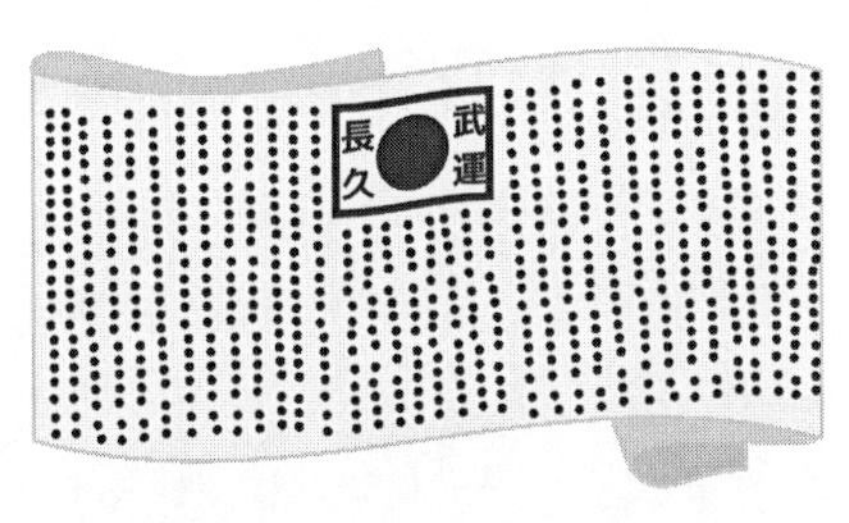

千人針。
多くの女性が一枚の布に糸を縫いつけて結び目を作る祈念の手法、およびできあがったお守りのこと。武運長久、つまり兵士の戦場での幸運を祈る民間信仰

戦いに敗れ外地に住む私達は、住まいを捨て、重いリュックを背負い、両手に荷物を下げ、暗いかたまりとなってそれぞれの父祖の地へ引き揚げて行った。

我が家は三歳の女の子を連れた叔母を含めて総勢八名で、京城から釜山（プサン）まで貨車を連ねた引揚げ列車に乗り込んだ。その時、終戦後の秋だったと思う。列車は山中や夜に入ってから、たびたび途中停車をして運転乗務員から金銭を要求された。その都度、男性達は貨車毎に代表を立てて集まり集金する。女性や子ども達は不安に肩を寄せ合った。いろいろあったけれど、後で聞けば、南鮮（現在の韓国）からの引揚げ者は、北鮮、満州、中国からの人達に比べれば、はるかに恵まれていたと言えるだろう。

帰りついた内地（日本）もまた悲惨だった。国破れ山河ありと言うが、その山河が無残に変り果ててしまったたくさんの町々、核爆弾を落とされた広島、長崎。東京大空襲、沖縄地上戦など。戦争は負けるべくして負けたのである。

我が家はまだ美しい山河の残る父方の佐賀の有田町に荷物を下ろした。志願して予科練に入った兄が疲れた顔で帰ってきた。ほどなくして母方の鹿児島の隼人町へと移った——。そして有田焼の茶碗、皿など日用品を売る店を開いた。

ひもじい時代だった。芋がゆはよい方で、ふすまのだんご汁（すいとん）、芋づるの煮つけ……、ひもじい子ども達を飢えさせないために親達はどんなに苦労を重ねたことだろうか。今思っても胸がじんと熱くなる。

私の通った隣町の女学校では、みんなもんぺに下駄ばきだった。私は履いていた運動靴がダメになり、しばらく下駄になったが、鼻緒が切れると、すげ方を知らず、下駄を下げて裸足で登校してすげ方を教えてもらった。やがて運動靴の配給が始まると、その時はくじ引きだった。私は小さな足だったのでくじなしでいつも運動靴を手に入れた。

友達に言われたことがある。

「引揚げ者は手当てがあってよかねえ。うちらは焼き出されてもなんもなかよ」

引揚げ者にはしばらくの間、手当が支給されていたと思う。

沖縄につぐ日本最南端の鹿児島は、度々の空襲で鹿児島市などはあらかた焼野原。

その中で米軍上陸に備え、女性も中学以上の子どもも鉢巻きを締め、毎日竹槍の訓練をしていたという。アメリカの豊富な最新兵器や、爆弾のおそろしさを民衆と呼ばれる人達は知らなかったのである。

鹿児島市郊外に住み、少しでも戦争を実体験した彼女達にとっては、標準語でしゃべり、いつもズボンに靴をはき、下級生から「やっぱり都会からきた人はちがうねえ」などとラブレターのような手紙をもらっている京城引揚げ者の私は、不愉快な存在だったのだろうか——。

でも、校庭や周りの畑で力を合わせてさつま芋や野菜を植えて収穫したら、みんなで分けて持ち帰りそれは食料の足しになった。

女学校は翌年、高校になり高二からは男女共学になった。その直前に私は結核を病み、療養所に入った。堀辰雄の『風立ちぬ』で言えばサナトリウムである。

療養所は元海軍付属病院で大きなところだった。そこには従軍看護婦だったという人も何人かいた。特効薬のストレプトマイシンが保険適用になり、治療に使われるようになる前はなすすべもなく次々に去っていく療友の白い柩を裏門に（退院する時は表門から）並んで見送った。次は私の番かも――。私は父母に守られて死の淵を一つ通り過ぎた。そしてそれから出たり入ったりの長い療養生活が続いた。やっと解放された時、もう三〇歳だった。

朝明けを汽車の旅する響きして　暗きに一人散薬を飲む

片隅の人生という退屈さ　動物の形のビスケット食む

疲れたら来て坐る白い空間です　ペンペン草の種子などこぼして

わが室に梅雨黄昏れて来し時に　花は漆黒のダリアとなれり

球根に丸く土寄せ植えており　明日の光を疑わずいて

戦うことを放棄した日本はめざましく復興していった。自由にものを言える時代になり、女性は男女同権、従属の世界から解き放たれ明るい風が吹いていた。私も旅行に出かけるほどに元気になった。

世の中が大分落ち着いてきた頃、我が家も鹿児島県隼人町から兄の建てた東京の練馬区の家にしばらく同居し、そしてこれは兄が両親のために建てた広い庭のある家、まだ武蔵野の匂いの残る清瀬市に移り住んだ。そこで私は年を重ねた両親の面倒をみながらすごした。

家は道一つへだてて雑木林、林の中にひっそりと咲く野草の名や訪れてくるいろいろな野鳥の名を覚えた。清瀬で父を送り、やがて母も送った。亡くなってやっと気づいたことがある。親は介護されていても、そこにいるだけで虚弱な子（私）を守っていたのだと——。もうこの大地の上に父母はいない。母を失った時、初めて私は世の中に放り出されたのだった。

春泥をふみ行く背のあたたかし
寒に逝きたる父をかなしむ

杖つきて来まししし父の肩を抱き
連れ立つ夢の短く覚めぬ

冬の木の梢に一羽の鳩がいて
長く動かずとまりていしよ

手を一ぱいにのべて野鳥に餌をまく
吾が半円に母の呼ぶ声

母ありし日と変りなく野の鳥に
供養のごとく餌をまきていつ

一はけの雲ゆく空を払いつつ
冬のけやきはゆれているなり

幽明の境をめぐる秋草よ
盆提灯にあかりともせば

地の上に父母のなき春の来て
目交い白く花吹雪する

母を見送って三年後、天皇崩御のニュースが日本中に走った。

昭和六四年一月七日（一九八九）、私の昭和は終った。しんと静かな庭に野鳥のためにいた水飲み場の氷がやっととけた。

庭に来てめじろが水を浴みてをり
ひそやかにして昭和の果てぬ

歌ひとつまとめて越えてきたいくつもの山坂を思い出していた。

去年（二〇一四年）『昭和天皇実録』が編さんされ公開された。昭和天皇の素顔や肉声が克明に記されているという。昭和天皇のお歌も収録されているという。

昭和天皇は生涯戦争のことを悔いておられたと思う。またA級戦犯の靖国合祀は将来に禍根を残すと憂いておられたという（天皇の晩年、歌の指導、相談役をつとめられた歌人岡野弘彦さんの話から抜粋）。

マッカーサー元帥と並んだ写真の昭和天皇、覚悟のお顔が七〇年の歳月を経てよみがえった。

昭和天皇のご意志を継いで、現天皇は靖国の参拝はされず、戦争犠牲者への鎮魂の祈りの旅を美智子皇后とともにひたすら続けられたのだと思う。

明治は維新、大正はロマン、昭和はなんと呼ばれるのだろうか。激動？

京城の八月一五日

昭和二〇年八月一五日、その日、私は当時外地と言われた、京城の第一高等女学校の四年生だった。

玉音放送があるというので校長先生をはじめ、全員が校庭に集まった。

全員といっても同級生、上級生は軍需工場に学徒動員されており、先生方もつきそって残り半数ばかり。玉音放送はマイクが悪いのか電波が乱れているのかよく聞きとれず、近くの放送局に内容を確かめに行った先生から「負けて終わったのだ」と聞かされた。

しばらく呆然と立っていたと思う。悲しんでいいのか、喜んでいいのかわからなかった。教室へ戻り、帰りの支度をして、心うなだれて三三、五五校門を出た。校門を出たら町の中は一変していた。

そこは光にあふれ、喜びの声に充ちていた。マンセイ（万歳）！　マンセイ！

電車の窓から鈴なりになって身を乗り出し、マンセイ！　マンセイ！　と叫び続ける。

ガラガラの車内に腰かけ、終点で降車し、長い道のりを経てぐったり疲れて家にたどりついた。当時、私の家は郊外の新興住宅地にあった。

この家には忘れられない思い出がつまっている。父が京城を終の住処と決めて買った家だった。

玄関の明かりとりの窓は大きなステンドグラスで美しく「いい家だろう」と自慢だった。ほどほどの敷地、庭には狩猟が趣味だった父の飼っていたポインターの犬小屋や物置小屋があった。

新しい家にようやく住み慣れて来た頃、父に赤紙が届いた。召集令状である。父はそれを手にして「四〇のオレに赤紙がくるようじゃ終わりだな」と、つぶやいていたのを覚えてる。

若い頃、騎馬の経験のある父は軍馬の兵舎に配属され家を出た。戦局は日々傾き、八月一五日を迎えたのであった。

住宅地の奥は小高い丘になっていて、夜になってもマンセイの声や歌声が響いていた。庭の物置小屋の下は防空壕になっていて、もし暴動が起きたら逃げ込む手はずになっていたが、幸い暴動は起きなかった。

記憶ははっきりしないが、学生証をもらうために登校した折りだったか、「北朝鮮から着のみ着のままで逃げてきた人たちに校舎を解放するので、登校できる人は学校にきて手伝ってほしい」と言われた。

電車の窓側は身を乗り出して騒々しく賑やかだったが、車内は割合いすいていたので私は無事乗り込んで学校に行った。

記憶というのは本当に頼りなく薄れていく。あの混乱の折のことはなおさらの感じがする。

私の仕事は薄汚れた小さな子ども達の身体を洗ってあげることだったが、そこがプールだったか、足洗い場だったか、着替えはどんなものが用意してあったか、一緒に子ども達を洗った仲間の友達は誰々だったのか……。――みんなおぼろ――

子ども達はまだ逃避行の怖さを引きずっていたが、それなりに元気にはしゃぐ子もいた――。

髪をきって男性姿で逃げてきた若い女性達もいるという話を聞いた。寝場所の用意などをしている大人達の方はなるべく見ないようにして大人達は(私達も含めて)心は寡黙に作業を続けた。

手伝いに行ったのは二回ほどだったか、両親が危ないからと反対するので取り止めてしまった。父はすでに兵舎から家に戻っていた。

後になって思えば、薄汚れた子ども達の顔は引揚げ列車で運ばれた私達の顔と重なってくる。

あの人達は無事に故国に帰れただろうか。多分、国がしっかり面倒をみて優先的に故国の土を踏まれたことだろうと思っている。

有田焼の大火鉢

杏の実

ソウルの郊外のトクソンという小さな町に三年ほど住んでいた。

その家の庭の表には大きな桜の木が二本あり、季節になると満開の桜の枝にぼんぼりを灯し、夜桜としゃれて近所の人が多勢やってきた。裏庭には、ざくろの木もありささやかな畑もあった。

忘れられないのは一本の杏の木。枝に咲き満ちた花が日暮れには白々と浮び、実が熟れてぽたぽた落ちている杏の実。あれは黄色でもない、オレンジ色でもない、あたたかいひなびた杏色。しかし、残念ながら正確に言えば、それは隣家の杏の木だった。

隣家はちょっと大きな敷地の韓国人の家で、塀の際に杏の木はあった。木は我が家の方に傾いていて大きく枝を広げ、たわわに実をつける枝は私の家に影を作り、柔かく甘ずっぱい匂いのする実は庭にぽとぽと落ちて、手を伸ばすと枝に届いた。

私はなんの疑いもなく、これはうちの木だと思っていたので、友達を呼んで熟れた杏をもいで食べた。子どもの手の届く所にたくさんなっており、好きなだけちぎって食べられるのが最高だ。喜々としてはしゃいでいた。

五、六歳の子ども達のさえずりが聞こえたのだろう。「うちの杏を隣の子ども達がとって食べている」と言いふらしているのが親の耳に入り「あの木は隣の木なのだから落ちてきた実はみんな隣の庭に返すように」と叱られた。納得できなくて不満だったけれど、命令なので仕方なく杏を拾っては隣の家に投げ込んでやった。熟れて落ちた実は隣の庭でぺしゃっとつぶれているよ！　可哀想な杏たち。

それ以来、私にとって杏は禁断の木の実となり、それ故に甘美で魅惑的な果実になった。

後年、書道を始めた時、先生に号をつけるように言われた。なぜか杏の木が浮かんだ。花もいいけどやっぱり実の方がいいなと思い、杏花でなく杏果に決めた。

博多・今昔

戦いに敗れ、京城から引揚げてきた私にとって博多港は思い出深い港である。待ちに待った出航の日、釜山港はごった返した。本土行きと九州行きがほとんど同時の出港となったからである。

父は「俺の後についてこい」と叫び、母や私達は必死になって後を追い、やっと乗船。ほっとしたら本土行きの徳寿丸の上で、叔母と小さないとこの姿が見あたらない。佐賀県の有田に向う私達は、興安丸で博多に向うはずだった。乗り間違えたために山口県の仙崎港に上陸、はしけに乗って本土の土を踏んだ。米兵にＤＤＴ（かつて使われていた有機塩素系の殺虫剤・農薬）を髪も顔も白くなるほどふりまかれた。その後、炊き出しのおにぎりのおいしかったことは忘れられない。

石炭などを運ぶ無蓋（むがい）貨車に乗せられ、改めて博多に向ったのである。トンネルを通るたびに、もうもうたる黒煙に包まれ、ようやく博多に着いた時には、みんな石炭のように顔も服も煤でまっ黒になっていた。

釜山ではぐれた叔母は無事、興安丸で何日も前に博多に着き、町役場から連絡があったそうで、さっぱりした身なりで私達を有田駅に迎えてくれた。

あれから半世紀、一九九六年には私達が間違えて降りそこなった博多港に、引揚げ記念のモニュメントが建った。一九九八年に私が博多を訪れた時、その朱色をしみじみ眺め、バザーが開かれている平和な風景を歩いた。仙崎港には一九九二年にモニュメントが建てられたそうである。

釜山港の砂にかがみて手掌(たなぞこ)に
今日が別れの貝集めおり

ケナリ咲く早春賦あり京城という
名の街を故郷として

アカシアの散りいしあたり跡もなく

ソウル郊外　区画がすすむ
連れ立ちて古都をめぐれば韓国の
友がうたうよ〝愛染かつら〟
日韓の過去さりげなく卓上に
馳走あふれて　もてなされおり

藤の花

沖縄散華

終活で本棚の整理をして、大方は束ねて資源ゴミに出したが、父の愛読書だった『漢詩鑑賞入門』は私も漢詩が好きなので残しておいた。頼山陽の「天草の灘に泊す」の影響かもしれない。

何気なく本の奥付けの後にある白い頁を開いたら、そこに父のメモが書かれてあった。

沖縄玉砕、昭和十九年◇六月二十三日
軍司令官　牛島中将（鹿児島出身）
辞世
　秋待たで枯れゆく島の青草も
　み国の春によみがえらなむ
　矢弾盡き天地染めて散るとても

天かけりつつみ国守らむ

長参謀長（中将）

辞世

　醜敵締帯す南西の地

　飛桟空に満ち船海を圧す

　敢闘九旬一夢の裡(ウチ)

　万骨枯れ尽して天外に走る

父は胸を熱くしながらこれを書きとめたと思う。私も読みながら視界が滲んだ。せめて一か月早く戦いが終っていたらと涙しても史実は戻らない。

すべりひゆ

戦中、戦後のひもじい時代を生きてきた世代で、この草の名を知っている人は結構いると思う。じりじり照りつける夏の日射しの下、乾いた畑や路傍にたくましくはびこっているすべりひゆ。すべりひゆは戦いが終って森閑となった真夏の日を思い出させる。

食糧の乏しさが極った頃、この草をゆでて食べるといいと聞かされた。私は芋づるは食べたけれど、ついにすべりひゆを食べることはなかった。しかし、心の奥にすべりひゆは戦争とひもじさの象徴となって残った。

時折、新聞や雑誌にすべりひゆのことが載った。私は引き寄せられて読んでは切り抜いたりした。戦後のあの時期、ゆでて食べた人の記憶で、「ただ、ずるずるしてうまいもまずいもなかった。腹の足しだった」というものがあった。「野草というよりはびこるので、農家の人から最も嫌われる雑草である」とも書かれた。確かにそれはそうである。畑のへりなどに大量に抜き捨てられている姿をよく見かけた。

可哀そうなすべりひゆ、私はすべりひゆのためにせめて鎮魂の歌でも手向けたいと思いつづけていたが、なかなか歌もできなかった。

ある日、私は詩人草野心平さんの一文に出合った。

すべりひゆは春のものだとばかり思っていたのに、九月も末のころ、ウチの畑のへりや苺と苺の間に横ばいしている。薄い紫のふっくらした茎が四方にのび、光沢のある濃緑で楕円の葉っぱたちが、それらも薄紫の線にふちどられて秋の陽を浴びて美しい。私はその一枝をつみとってコップに入れて眺めたりする。

すべりひゆは雑草である。けれど私は野菜と呼んでいる。春先のホトケノザやヤブカンゾウもハハコグサも、食べられるものはなんでも尊敬して野菜ということにしている。スズナ、スズシロは今はもう立派な野菜として愛食されているが、ずっと昔は雑草だったはずである。野菜にまで及第した昔の雑草は、今は値段も高い。けれども私の野菜の一つ、すべりひゆは値段などない。それらをひっこぬく、というよりは、茎は柔らかいからむしりとっておひたしにする。なんの芸もいらない。ただ過不足なく茹でるだけである。あとは二杯酢でも醤油だけでも結構である。私

はそれを何種類かの酒の肴にする………略

詩人はその一枝をコップにいれてあかず眺め、二杯酢かおひたしにしてひとり静かに酒を酌む。すべりひゆにとってこれ以上の鎮魂歌はないのではないか。私は涙ぐましくなり、この記事をくり返し眺めていた。すべりひゆも、それにかかわってきた私の心も、ひっそりと昇華されていくようだった。

有田焼の手毬獅子

ソウルから慶州へ

一九七九年一〇月二七日、私と友人は慶州(韓国の古都)に出かける朝だった。ホテルのロビーに見送りにきてくれた韓国の友人である朴さんから、昨夜に朴大統領射殺事件があったと聞かされ仰天した。ロビーの人々は声をひそめ、号外のような大文字の目立つ新聞を頭を寄せ合うように読んだりしていた。〝大丈夫、外国人は心配ないから予定通り〟と勧められ、彼女が選んで同行してもううことになった孟さんと運転手の李さんの人柄にすっかり安心して我々は出かけることになった。

ホテルを出て車は戦車が守るソウル市庁や、事件のあった建物の傍を通り、朴さんの土産店のある奨忠洞の自由センタービルに立寄った。ソウルの空気は気のせいか重く沈み、人々はひっそりと様子をうかがっているように感じられた。ソウルを出るまでは歯をみせないようにと注意され、神妙な顔をして銃をかまえた兵士がものものしく並び、昨日とはまるで違った雰囲気に包まれている自由センタービルを後にした。いざという時は、飛行機の滑走路になる広く立派な高速道路で、時々戦車や兵隊とすれ違ったが、快適に走る車の中で、カメラ片手にいつか心も軽く気楽な旅人になっていた。

元外交官で一等書記官だった孟さんは今はジャーナリストで、慶州にオープンする多宝ユースホステルのオープニングに二七日の夕方は出席予定だったが、慶州に着いたら例の大統領事件のためにレセプションは中止になっていた。早朝の出発だったために中止を知らず我々と同道したわけだが、そのまま二八日もユニークな案内役を続けてもらい感謝しっぱなしである。孟さんの内外にわたる楽しい話や、故国訪問者のために実に適切でわかりやすいガイドぶり。李さんは全然日本語を解せず、我々も韓国語を知らず、ただにっこり笑い合うだけ。若くて笑顔のとてもいい人だった。

郷愁そのものといったポプラ並木の間に見え隠れする村落が、崩れかけた土塀に囲まれていたり、屋根に唐がらしなど干していたり、庭で鶏が遊んでいたりしていてほしいものだが、それは旅人の感傷だろう。今は政府の補助できれいな新しい家々になり、清潔に秋の陽を浴びてる。沿道に植えられたコスモスがまだ少し残って揺れていた。もう少し早ければ美しいコスモス街道だっただろう。葉を落とした落葉樹ポプラの梢には、かささぎの巣があって、遠い過去のようにひっそりしている。一九五〇年の動乱では同じ民族が戦い、流した血で赤く染ったという川も過ぎた。大邱(テグ)あたりではリンゴ畑が続き、私と友人は子どものようにはしゃぎシャッターを切ったが、走り過ぎる風景の中、赤いリンゴは残念ながら写っていなかった。

秋風嶺(チュプンニョン)の新しい大きなドライブインで休み、食事をした。ウエイトレスの少女と孟さんの通訳で少し言葉を交した。韓国にきた感想をというので、外国というより故郷に帰ってきたような気持ちだと答えた。なにげないこんな返事も笑って聞いてくれる人と、不愉快に感じる人、人それぞれにあるだろうなあと思うことだった。ウエイトレスの彼女はただ黙ってうなずいていただけだった。ゆく雲も泊まっていくという秋風嶺は、植樹のすすめられている美しい山々が重なり合い、穂すすきがその山肌に輝きなびき、手をのばすと青く染まるような空がある。

あれは錦江(クムガン)という大きな川のほとりで休んだ時だったと思うが、唐がらし畑があってとてもなつかしんでいると、李さんが掌にいくつか無断で採ってきてくれた。日本唐がらしのように辛くなく、尖ってもなく丸みをもった韓国の唐がらし。二人で匂いを確かめた。孟さんが笑いながら、これはコチュと発音し男の子の象徴で、男児が産まれると軒先にこれを吊るすのだという。女児の時は炭だという。まっ黒い木炭だなんて。赤くてきれいなほおずきにしてくれてもよさそうなものだ。コチュは二人とも日本まで持って帰ってきた。

一見、平穏なたたずまいに戻ったようなソウルに無事帰ってきた私達に、もう一人の韓国の友人である金夫人が尋ねた。〝それでロマンスは生まれなかったの？〟ロマンス、なつかしい言葉だ。我々は常に食い気が先行してロマンスが実らなかったのは、かえすがえすも残念なことだった。

秋山先生

秋山先生は私が女学校に入った時の一年梅組の担任の先生である。身体が弱いので体育関係の行事には参加しないと聞いた。私も小学校五年生の頃、病院で要注意、激しい運動は控えるようにと言われたので（本人は至って元気だったが）何となく親近観を覚えた。

修身の授業中（現在の道徳教育）、机の上のほこりを本でパタパタ払ったら、修身の先生に叱られ、友達と二人、職員室の隅に立たされたことがあった。放免されて次の授業に出たら秋山先生は「前に受け持った一年生は元気でね、度々、担任の責任だと私まで注意された」と、おだやかに言われただけでおとがめはなかった。

引揚げて何年経っただろうか。私はずっと秋山先生に会いたいとの思いを抱いていた。そしてやっと実現した。一九八九年七月三日、同じ思いの友と二人で富山に向った。

魚津のお住いの周囲はのどかな田園風景が広がり、夜には蛍が飛び交うという。引揚げ後も大病を患い、今は小康を保っているという話だった。

たくさんの書籍に囲まれた部屋で先生自ら丁寧に入れてくださったお茶の味が本当に忘れられない。そして奥さまのやさしいおもてなし。あの日、魚津駅からタクシーで伺ったが、帰りも同じタクシーだった。運転手が〝先生と奥さまのひととなりに感銘を受けている。直接お話したことはないけれど、お二人をお乗せしたことがある。実に今どき珍らしい風格の感じられるお二人です。今の世の中は、あの方々のような節度とか礼儀などがすたれていくのが本当に残念だ〟としきりに私達に話しかけた。

魚津駅前の湧水がさわやかだったので、持参の水入れをいっぱいにして列車に乗り込んだ。感慨深い旅だった。

あの日、有名なシンキロウには出会えなかった。

今でははるかな思い出の中のシンキロウ……。

鹿児島神宮

私の母方は鹿児島県の隼人町で実家は神宮の神官だった。鹿児島神宮は皇室ゆかりのお宮だ。当時の皇太子もご成婚の後、美智子さまとお揃いでお見えになった。神宮関係者の家族は、特別指定の場で並んで迎えた。小雨の降る中、カメラを構えたらそれとなく近づいてくださった。アップの写真が残っている。

神宮の参道は御前馬場と呼ばれ、一の鳥井、二の鳥井、三の鳥井とあって広く長い一本道、祭りの時は両側に屋台が並びにぎやかになる。参道沿いの空地には見世物小屋ができて、近郊と言わず遠方からも多勢押しかけ、押しあいへしあいの状態となる。初午祭の馬踊りの時は一番のにぎわいだった。馬の鞍に美しい飾りをつけて馬が踊る。各部落から出すので一〇頭以上はあっただろうか。踊り子がハデな身振りで踊りながら後をついていく。ご時世で動物虐待ということで、馬の踊りは中止になったと聞いた。現在はどうなっているのか知らない。

神宮に仕える者の家は参道から一段上った所にあった。私が隼人町に住んでいた頃は二〇歳くらい、母の実家はすでに神官職に就かず、長男は鹿児島市で郵便局長をしていた。隣家はずっと神官を継ぎ格式高い家だった。

その頃、短歌をはじめていた私は、歌会の会場になっていた神宮の社務所に月に一回出かける。隣家の神官さんも歌仲間だった。連れ立って出かけたある時、神官さんは二の鳥井のそばの祠に火を入れながら「ここは隼人族の祖をまつる祠です。あんたも隼人族の血を引くのだからお参りしていきなさい」と言われた。私は気持を引きしめて、初めてその祠に手を合わせた。隼人族は朝廷に刃向ったので昔はこれより先は（二の鳥井）行けなかったのだそうだ。

隼人族が朝廷軍と戦って折り重なって倒れていく姿が、隼人塚となり畑の中に残されている。

朝廷に滅ぼされた隼人族は捕らえられて都大路の大門のそばにつながれ、犬の姿で刻を告げる遠吠えをさせられたと言われている。しかし、人の声で町中に刻を告げるのは無理、隼人族は水辺民の一部が日本のこの地に辿り着き、住みついたと思われるので、彼等の生活にとりいれられていたほら貝を吹き鳴らしたものであろう。『古代水辺民の遺産』より

鹿児島神宮の本殿には海幸彦（うみさちひこ）（竜宮城）の神話を今に極彩色で飾られ、柱には竜が巻きついている。

隼人族出身のその神宮さんに巫女にならないかと言われた。ふだんは売店で海幸彦にまつわる品を売るだけで、静かだから本を読んだり歌を詠んだりできるよと言われたがならなかった。

明治の初期、政府が調査した折り、隼人族と言っても純粋な隼人族はもう二人しかおらず、祖父はその一人だったそうである。

羽咋(はくい)の海

一九八九年六月、私は友と連れ立って能登半島をめぐり、羽咋の駅に降り立った。垂仁天皇の頃より国造(くにのみやつこ)の置かれたという古代史の町、羽咋という地名からして訪ねてみたい町であった。駅前で羽咋の主のようなタクシーの運転手さんと出合い、親切なガイドとカメラマンつきで羽咋観光に出かけた。

加賀藩前田家の菩提寺でもある妙成寺に寄り、大国主命をまつる気多大社に着いた。出雲の神大国主命をまつるのは古代出雲と能登は深い交流があったことを物語るものだという。着いた時はもう拝観の時間切れで閉門していたが、親切で押しの強い運転手さんの顔で開けてもらった。

広さ一万坪と言われる原生林を背後に、太古の匂いただよう能登一の宮の広い境内をめぐり歩いた。海に向って開かれたこの社は、かつて北陸の文化が海伝いにやってきたことを象徴しているという。門の横に民俗学者としても知られる歌人の折口信夫とその子息の歌碑があり、そばに置かれた石のひとつが盗まれたという話も聞いた。

信夫の歌

気多の村若葉くろずむ時に来て
遠海原の音を聴きをり

季も同じ頃、私達も浜に出て夕ぐれの羽咋の海を見た。砂浜にくろぐろと越中の国守であった大伴家持の歌碑がある。空も海も青さをほとんど失って灰色を帯びていたが、さえぎるもののない日本海の水平線は遠く縹渺（ひょうびょう）とふくらんでいた。島影ひとつ見えない。

対岸はどこかと聞けば、海の向こうは朝鮮半島だという。波の上かすかに、百済や新羅の旗をひるがえした帆船の幻影がゆれて、私は茫洋とした思いにとらわれていた。遠い昔から、どれだけの人達が海を渡り海を越えてきたのであろうか。

知床半島

知床半島は二〇〇五年、世界自然遺産に登録されたが、その三年ほど前、誘われて知床半島めぐりに行った。

美しい自然の中から湧き出る地下水によって出来た知床五湖、水清らかに青い空と水辺の新緑の木々を写し、明るい森の中にひっそりと輝いていた。まるで天女の鏡のようだ。

ネーチャーガイドの親切な説明を聞きながら、すがすがしい気分になって遊歩道を歩く。二湖まで行った時〝三湖のあたりに熊が出た〟との情報が入り、三湖に向かってすでに歩き出していた人達も引き返すことになってしまった。私と友人は体力を考え、二湖までのつもりだったので引き返しはじめていたところだった。

海沿いを走るバスの中では、ガイドさんがなつかしい『知床旅情』を歌ってくれた。山間の道を走る時は、えぞ鹿の被害で白く立ち枯れていくものが目立ち、鹿は年々増えているそうなので自然林の保護か、えぞ鹿の保護か頭の痛いところだそうだ。

美しい自然の残る知床半島はまた、長い冬の間、吹雪に閉ざされる酷寒の地でもある。明治期、道もないここに開拓を試み、ついに挫折した農民達の悲惨な跡をとどめる廃屋が残されていた。どんな人達がこの地に鍬を入れ、引揚げた後にはどんな人生が待っていたのだろうか。この地の過酷な道路工事に従事させるため、網走に刑務所が置かれたのだと聞いた。それほど遠くない昔、血と涙ににじんだ土地でもあったのだと思うと、胸が痛んだ。

先人達の筆舌に尽くしがたい開拓のおかげで、私達は、座り心地のいいバスにゆられて観光ができる。なんと言っても幸せというべきだろう。少々後ろめたい気持ちを引きながら――。

京都の雅びは山紫水明

その頃、務めていたアートフラワー教室のアトリエの先生と仲間四人で京都へ出かけた。

三月半ば頃だったと思う。着いた晩に京都は雪が降った。朝日を受けて雪化粧の三千院、寂光院はすてきな佇まいだった。

午後、高台にある宿を下り、人影まばらな哲学の道を歩いた。すでに雪はとけ、京の街はしっとりぬれていた。右手にゆるやかな石段、誘われるように石段を上り、上りきった時、私はあまりの美しさに息をのんだ。

左手にまっ赤な落椿のしきつめた一本の道があった。椿の並木に覆われた幽玄の世界と呼びたいようなその道、赤い落椿を少し踏みながらゆっくり歩いていった。

少し段を上って簡素な山門についた時、いきなり足もとに視界が開けた。銀砂の山や川が庭一面に光を照り返している明るさ、思わず声を上げていた。

椿の花の散る頃、もう一度あの法然院に行ってみたい。そう思い続けている。

桂川近き嵯峨野の宿にして
くぐる格子戸灯をともしいつ

風葬の里あだし野に八千の
無縁仏と秋の鐘きく

石の段長く下りて法燈に
灯の入りし頃西明寺出ず

めぐり来し湖東三山見返れば
すでに日暮れてうす墨のいろ

以前、ＮＨＫのラジオ深夜便で「京都の雅びは山紫水明」という募集があった。

私は法然院が忘れられず、はじめてハガキ投稿をした。深夜にもかかわらず、熊本の友人が聞いていたそうで便りがあった。私はまさか読まれるとは思っておらず、眠くなって途中でぐっすり寝込んでしまった。思いがけず読まれたうえに、遠い地の友人が聞いたと便りをいただき、本人が聞いてなかっただけに、よけいにうれしいことだった。

木立ベゴニア

シンガポール紀行

観光で訪ねたシンガポールは、英国統治時代の街並を残し、瀟洒で美しい国だった。

熱帯樹林の中に南国の花が咲き、スコールの通りすぎた後の緑は雫を宿して一段と美しく、いい気持でそぞろ歩いていたら、バスの発車時刻に遅れてしまった。街の中は清潔、ホテルの窓も従業員がひまがあればという感じで拭いていたし、道にはごみ一つ落ちていない。

現地ガイドのホーチミンさん（この名前が多いとか）が、まず最初に注意事項を教えてくれた。

「日本の人は、どこでもたばこを吸いますがシンガポールはとても厳しいのです。冷房している所では吸ってはいけません。バスの中、ホテルの中、食堂など暑いので、みんな冷房しているので駄目！　冷房していない所、道路の上、公園の中などはかまいません。煙草をがまんしているお客さんは、バスを降りた時に、三本でも四本でも咥えて吸ってください。でも、その吸いがらを道に捨ててはいけません。罰金を三万?とられますよ（関係ないので金額はうろ覚え）。この国では街を汚すとすぐ罰金ですから注意してください。吸がらを捨てる時は、辺りを見回して、誰もいないのを確かめてサッと捨てるといいですよ」

ドッと笑いが湧いた。

日本へ帰ったら、街の中の何と汚らしいこと。バス停の周りはたばこの吸いがらが散乱し、ジュースの空き缶もそこここにごろごろ。誰かが片づけると思って捨てていく。

バスがくると吸いさしをポイと捨てる人を見かけても「止めてください」と言う勇気はないし、不満の消化不良を起こしそうだ。

私はたばこ廃止論者ではないけれど、一部の愛煙家のマナーの悪さに嫌気がさす。いっそ、シンガポールのように罰金刑とか軽いムチ打ちの刑とかあればいいのにと眉をひそめている。

たばこを街中で吸う人は、忘れずに携帯用の灰皿をポケットに入れておいてください。

シンガポールでは私が訪れる少し前に、他人の車にペンキでいたずら書きをして、ムチ打ちの刑に処せられたアメリカ人の話題がニュースになっていた。

これもホーチミンさんの話だが、この国では車がことのほか高価なのだとか。小さな国のシンガポールでは放っておくと車があふれてしまう。排気ガスの問題、交通渋滞の問題、車がどんどん増えないように高い車税をかけて増加を抑えている。ガソリン代も高いので、タンクをカラに近い状態にして（規定の量を入れてないと罰せられる）、隣国のマレーシアに行き安いガソリンを満タンに入れて帰ってくる人が多いという。

高層団地があちこちに建っていたが、その一戸が八五〇万円位で買える。郊外の広い庭つき一戸建ても一千万円少々で建てられる。それに比べて普通車でも一千万以上するそうである。一戸建てが買えるほど高価な、従って大事に扱っている車にペンキをベタベタ塗ったりしたら、ムチ打ちの刑も仕方ないのかもしれない。

珍らしい植物が深々と生い茂っているシンガポールの佇まいを思い浮べる時、それに重なって瞼が熱くよみがえる風景がある。

青い空の下、日に輝いていたジョホール水道。シンガポールはマレー半島先端に位置している。そうなのです、マレー半島は太平洋戦争の激戦地でもあったのだ。聖戦を信じて戦い、そして敗れた数多の日本兵の流した血でまっ赤に染まったというジョホール水道。シンガポールとマレーシアをつなぐこの短い海が、この日、実におだやかにきらめいていたことを私は今も忘れることができない。

（一九九四年五月）

ぼたんの花

タイ紀行ア・ラ・カルト

バンコクの市内を流れるチャオプラヤ河を船で行くと、対岸には日本では暁の寺と言われるワット・アルン・エメラルド寺院が一きわ美しく、両岸ともに寺、寺……河の面にはたくさんのほていあおいが浮かんでいた。うす紫の花のころはさぞ美しいことだろう。

バンコクの寺は常に手入れしているそうで、エメラルド寺院は特に色彩鮮やか。手向けるものもピンクの長い線香、蓮の花の蕾、金箔。この金箔は身代わり仏像にはりつけて（自分の身体の悪い部分に）祈る。私は心臓、頭と首の後にはって人々の祈りの中に交じりひざまづいたが、ご利益はほんとにあるのかどうか……。

アユタヤの遺跡は、タイのスコータイ時代にビルマとの長年の戦いにほとんど消失した跡で、崩れたレンガの城壁も寺もその当時のままである。風景がモノトーンでくすんでいてなんとなくほっとした。きらびやかな寺は私には少しなじめなかった。高い城壁をめぐる健脚の友人を下からカメラに写し、（悔やしい！）下の段を歩きながら遠い歴史の跡を気持ばかりたどってみた。

アユタヤでは日本人町の跡も訪ねた。広場にはカンカンと陽が照り、昔栄えた面影は何一つ残っていない。ささやかな記念館があり、昔の船の模型などが展示されていた。

かつてここに山田長政も住みいしと
石碑(いしぶみ)の立つアユタヤに来つ

さびれたこの辺りにも、周囲には日本人の観光客目当てに土産店が立ち並び、南方的な趣のある衣装が安値で売られていた。ほしいなと手に取ったけれど、小柄な私にはどれも大きすぎてあきらめた。

カンチャナブリは日本人にとってつらい場所だった。戦争博物館は、第二次世界大戦中の一九四二年~四三年、日本軍によって行なわれた「死の鉄道」に関する遺品の展示、保存のために設立された。クワイ河のほとりには一つ一つに花の供えられた墓石が並び、一望しつつしばらく頭を垂れた。

アジア人の労働者を含めると、死者一〇万人以上になるそうだ。その泰緬(タイメン)鉄道に一駅体験乗車し、河を渡るとそこはビルマ。すぐタイに戻り、橋のほとりの水上レストランで昼食。その後は元のたのしい旅人となり、露店をひやかしたり値切ったりしながら歩きまわった。

タイは仏教の教えに従い、富める者は自分より貧しい者に施しをする習いだとか。それも善し悪しで怠け者が多いと嘆く話も聞いた。市場では捨て犬、捨て猫がごろごろ昼寝していて、うっかりふんづけそうになるほど。餌の施しを受けて追われる心配もないのだから彼らにとっては天国だろう。

タイとはその昔、シャムと呼ばれた国と思うが、その名のついたシャム猫には飼い猫の中にも見かけなかった。青い目の貴婦人は深窓に飼われ、遠くを見ているのだろうか。


（二〇〇三年一一月）

気ままな訪問者

親子連れ

雑木林に近く住んでいるので、我が家の庭にはよく野鳥が訪れる。たまに羽を広げて昼寝をしていくきじばと、甲高い鳴き声で気の強そうなひよどり、用心深く枝移りしながら下りてきて水浴びをしていくつがいの四十雀(しじゅうから)、目白、もちろん雀達は常連中の常連である。

初夏の頃にひなを連れて何組もやって来る。芝生の上は賑やかになる。パンくずをまくと親雀はせわしくついばんでは、ひなに与え、自分でも急いでのみ込んでいる。羽をバタバタ広げながら大きな口を開けて餌をねだっているひなは、親鳥とほとんど同じくらいに育っているのに、くちばしのまわりが柔かく黄色い。愛すべき〝くちばしの黄色いヤツ〟である。

ひよどりは一度だけ三羽のひなを連れてやってきた。まいた餌の上を大柄なひな達は羽を広げ、時々ころびながら餌をねだっているし、二羽の親鳥は子育てにせわしく飛びまわって、狭い我が家の庭はしばらくひよどりご一家に占領されていた。やっと飛べるまでになった我が子を自慢げに見せにやってきたようで、ほほえましい情景だった。

いつだったか、こじゅけいの親子連れも訪れたことがあった。こじゅけいの羽の色あいはきじばとにも似ているが、赤味を帯びて美しい。両の羽は小さく尾羽は短く、連れ立ってしげみがくれにトコトコ歩きまわっていた。飛ぶ鳥のようには見えなかった。ひなは、三羽か四羽小走りに親鳥の後を追っていた。〝チョットコイ〟のこじゅけいが遊びにきている！　私を息をこらし窓ガラス越しに眺めていた。

それから二、三日後、けたたましい鳥の叫び声に飛び出してみたら、塀の上を越えていくこじゅけいの姿がチラッと目に入った。必死になればこじゅけいも飛ぶ鳥だった。今日も遊びにきていたのだ。それを多分、隣家の猫が襲ったに違いない。それ以来、こじゅけいの姿を私は見かけない。林の中から〝チョットコイ、チョットコイ〟と鳴き声だけが響いている。たまには我が家の庭にもチョットコイよと私は願っている。

めじろ

もう、ずいぶん前のことになってしまったが、昭和天皇の崩御された日は、もの音が途絶えたように家の周りはしんと静まり返っていた。

昭和に生まれ、昭和の幾山河を越えてきた身にとっては、やはり感無量の思いで、私はぼんやりと雨のあがった冬の庭に目をやっていた。

一メートルほどの小さな糸ひばの木かげに鳥達の水場がある。はっきり言えば、お土産にもらった平たい漬け物桶に水が浅く張ってある。

小さな鳥がつがいでひっそりと水浴びをしていた。当初は雀だと思って見ていたが、それにしては小さい。目を凝らして見ると目のまわに白い輪、あ、めじろだ。その時、他の鳥は姿を見せず、雨上がりの静かな庭でつがいのめじろは長いこと交互に水浴びを続けていた。小さな水しぶき、いのちの水しぶき！

からす

時たま、小げらやつぐみも姿を見せてくれるがこの頃、新顔が加わった。からすである。このあたりも家が次々に建ち、我が家の塀の外にもごみ置き場ができた。その生ごみをねらってからすがやってくるようになり、電線の上からついに塀の上に足場を移し、行ったり来たりしながら餌をねらっている。時々ものすごい勢いで庭をつっ切って飛び交う時、餌を獲得するのはまさに戦さなのだという感じである。ビニールのごみ袋を突き破って荒していくので、人間はビニール製のネットを買ってきてかぶせることにした。からすにとって、餌を口にすることは今まで以上に戦さになってしまった。

時に羽を垂らしてふわりと庭に下りてくる。小鳥達の小さな水場に行き、チェッという感じでまたふわりと移動し、水蓮を植えている水がめのふちに止まって水を飲んでいる。

近くでみるとからすは本当に大きな鳥である。みんなはお前のことをごみは荒すし変にかしこいし、色は黒くて不吉だと悪く言うけれど、お前の目はつぶらで黒く美しいから私はにくめないでいるよ。餌にあぶれたのなら水でもたんと飲んでおゆきよ。

きじ鳩

真冬土が凍りついたような日が続いた頃である。庭に時々ごはん粒や残りのパンくずなどを蒔いた。

雀達が賑やかについばみにくるようになり、きじ鳩もやってきた。仲良く食べている四十雀やくちばしの赤い鳥、えながは下まで降りてこなかった。

その中、一つがいのきじ鳩がこの庭を縄張りにしてしまった。他のきじ鳩がくると、すごい剣幕で追っぱらい、いつの間にかしだれ桜のてっぺんのしげみに巣をつくった。毎回期待したが、烏か猫に襲われたのか一度もひなのかえることはなかった。

?……むべ

鳥達の贈り物で思いがけない木や草が育っている。どの鳥がどの種子を運んできてくれたのかわからない。この頃はつわぶき、やつで、さんしょう、はくちょうげ、ねじ花。むべのつるもあちこちにからんでいる。邪魔になるので大方引き抜いたが、つるばらのアーチにからんだのはそのままにしておいた。手入れの悪いつるばらが貧相になったので、むべをからませておくのもまあいいか——。

秋になって、五つばかりの小さな実がついた。一番大きい実で普通の半分位、あとは段々に小さいので食べられるかどうかと言ったところだが、色づくのが楽しみになった。お向いのお茶の先生が我が家の野草を時々のぞきに見えて、お茶室に生けてくだっていた。垂れているむべがとてもお気に召して、茶会のお花にわけてくださいとおっしゃる。近々合同の茶会があり、今回は茶席の仕度の当番だとのこと。茶席の吊花器から垂れているむべの風情を思い描き、私も気をよくして、「ええ、どうぞ」と約束した。

むべのことをちょっと忘れていたら、お茶の先生が遠慮がちに見えて、いよいよ当日なのでとおっしゃった。私は大急ぎで木ばさみを持ち、二人でばらのアーチの前に立った。え？　紫に色づいているはずの一番大きなむべがない、二番目のもない！　目を皿にして探したけれどなくなっていた。いつの間に鳥が食べていったのか、自分達の運んできたものだから大きな顔して鳥めは食べていったのでしょう。文句も言えないわねえと二人で顔を見合わせて笑ってしまう。仕方なく貧弱な実が二つついてる部分をせめて長くつる毎切って差上げる。小さいのは小さいながらまたいいものですよ、とうれしそうにてのひらにのせてお帰りになった。
　鳥の見捨てた小さなものが、それでも色づいたので急いで取って試食してみる。小さな実は味見するほどもなくて、わずかな甘味と三四粒の種子が舌の上に残った。

せぐろせきれい
　鹿児島の隼人町に住んでいた古い家は、うす暗くて明かりとりの天窓がとってあった。ある日、天井の方でことこと音がした。ものの気配がするので見上げたら思いがけなく鳥が一羽、ガラス窓を叩いていた。それはせぐろせきれいだった。
　尾を上下させるスマートな姿が青い空をバックにくっきり見えて、驚きと一緒に「ようこそ、こんにちは」といった親しみが湧き上がってきたものだった。後であれこれ詮議して、結局、天窓の反射が水面に似ていて飛んで来たのだろうとなった。水ではなかったのでもう来ないかと思っていたが、それからも時々やって来て、ガラス窓をコツコツ叩きながら遊んでいくようになった。

亡くなった父はこのせきれいの訪れをとても楽しみにしていて、いくつも歌を詠んだりしたものだった。

「ほら、ほら来たぞ、静かに！」

と言いながら、じっと見上げていた姿がよみがえる。

この家を売却して上京した後、道路拡張もあり、懐かしいあの家は跡形もなく取り壊されてしまった。

だから、私が隼人町に帰っても、もう二度と天窓で尾を振るせきれいに会うことはない。父に再び会う日がないように。

かっこう
東京郊外のこの清瀬に移り住んで、もう四年半が過ぎる。家のまわりにはまだ少し、武蔵野の雑木林が残り、春には朝の目覚めに野鳥のさえずりが賑やかに聞こえてきたりする。友達からは、アザ清瀬の住人などと言われているが、一昨年の初夏、さわやかにひびくかっこうの声を聞いた。にわかに、風がかおり高原の別荘の感じになった。二、三日かっこうの声はひびいた。去年、今年と、もっと度々かっこうを聞いた。緑化運動に力を入れている清瀬の市報に〝かっこうの声が再び清瀬に戻って来た〟と載ったぐらいである。

じっと聞いていると、かっこうは連れをもたない。かっこうはいつも孤独な旅人のように山を移っていくのだろうか、孤独だからあんなによく響く声で誰を呼んでいるのだろうか。

かっこうは高い木の梢で露にぬれながら鳴いている。空を見上げながら赤いのどを大きくあけて鳴いていると、私は思っている。

鳥や風の運ぶ草花

雑木林の傍らに家があるせいで野鳥もよく姿を見せる。そして庭に植えた覚えのない草花が咲き、小さな木々が育っている。ぶつぶつこぼしながら抜き捨てる雑草というのも種類が多く、それぞれに名があって、よく見れば可愛い花をつけている。生命力が旺盛で庭中を占領されてしまうので、名前を確めては引き抜いている。そんな中で、気に入って育てているいくつかの野草を書きとめてみた。風が運んで来たのか、鳥が運んで来たのか私は知らない。

むさしのきすげ

庭の隅のどうだんつつじのかげに、この花が咲いたのは三年ほど前だったか、芽が出てから何だろうと思い待っていたら、葉の間から茎が四〇センチほど伸びて百合に似た花が咲いた。橙色を帯びた黄色いきれいな花は一日花で、朝咲いて夕方しぼみ、次々に咲いて終わった。野かんぞうに似ているが少し違い、ずっと以前、軽井沢の風の中で見た、にっこうきすげを思わせた。
花は次の年も同じ所にほどぼぞと咲いた。見えない庭かげにけなげに咲く花を私は表の明るい木かげに移し植えた。今年は雪のせいでおくれて五月の末頃、株もしげり花もたくさん咲いた。道を通る人から、あれは何の花ですか、と聞かれたほどだった。花のころ、新聞の地元欄にのっていたのだが〝にっこうきすげに似て武蔵野に自生するきすげを、むさしのきすげという〟とあった。

むらさきかたばみ
小さな赤っぽい三ツ葉で黄色い花をつけるかたばみは、たくましく図々しくはびこる、という感じそのままに庭中にふえていく。私は舌打ちする思いで抜き捨てているが、結局、かたばみの力に負けてしまう。
せっせと引き抜いていたら、少し大きな三ツ葉を見つけた。緑の色が柔らかい。二株あったので残しておいたら、葉は大きく育ち、やがてつぼみをつけ五弁のピンク色の花が咲いた。ああ、やっぱり花かたばみだった、と私は喜んだが、この本名は「むらさきかたばみ」だそうで、ピンク色なのになぜ紫色なんだ、と私は今も不満である。

ねじばな

丘売らるる文字摺草もあらばこそ　品川滸堂

古い名前を、もじずり、というとか。

先年、芝生の隅とか楓の下あたりになぜかたくさん、ねじ花が咲いた。一本伸びた穂をねじった形にピンクの小さな花がとりまいていて、実に可愛い。駅前の花屋で一鉢五〇〇円位で売っていた。私も、花後、何株か掘り上げて鉢に植えておいたのが、今年は葉も広くしっかりしていて花穂が伸びはじめている。ひょろひょろ三〇センチ位に伸びてもう花をつけはじめた。

野草図鑑を読んでいたら、頭書の句がのっていた。郊外のこの辺りも宅地造成が進んでいる。去年宅地予定の一ところ、きつねのかみそりが咲いていたので、掘り上げて庭に植えたことを思い出し、そういうことなんだなあ、と作者に共鳴して、くり返し口ずさんでみた。庭にふえていくねじ花達は明るい光の中で、小さなうたを歌うように咲きはじめている。

おとぎりそう

山野草の好きな知人から、いろいろ頂いて主に楓の下に植えている。ほたるぶくろ、ほととぎす、一二ひとえ、ふたりしずか、しなのなでしこ、みやましゃくなげ、などなど。

去年、我が家での育ち具合を見に来たその人としゃがみ込んで見ていたら、対生の葉をつけた見かけない草が三本生えていた。〝これはきっと何かだわ、育ててみたら〟ということで注意していたら二〇センチ位に伸びて、夏、頭頂に黄色い花をたくさんつけた。昼間は開いて夕方花は閉じた。雨の日も閉じている。図鑑をあちこち開いて調べたら、「おとぎりそう」という名で、止血剤やうがい薬など漢方薬の一つという。今年は別の所にも何本も育っていて、この分だと、二、三年後には干して薬にするほどになるかもしれない。

にちにちそう

これは山からとって来て植えた、りゅうのひげの中から、ある年見かけない草が育っていた。といっても、どこかで見たような気もしたし、育つにつれて野草とは趣が違っていた。大きくなって花が咲いたら日々草だった。栄養が悪いのか細々と咲いた。翌年も同じ所に同じように一本出て来たが、肥料をやったので丈夫に育ち、派手に花をつけた。

一日で散る花が、ぽとぽと地面をいろどった。私は期待し、今年こそは立派な株にしようと待っていたが、遂に姿を見せなかった。ここに日々草の花を見ることはもうないような気がする。

からすびしゃく

はじめそれを見た時、わたしはみつ葉だと思った。何しろ、食用になるのだから大事に育てようと成長を期待した。しめった木のかげなどに四、五ヶ所それは生えていた。いつの間にか傍らに緑色の茎がするすると伸び、先端は中が茶色のじょうごのような姿で陰気な感じだった。みつ葉の夢は破れたが、そのうち白い花でもつけるのかと待っていたが、結局そのままだった。名前はまあまあよかったけれど、暗くてどうにも好きになれないから、来年はさっさと抜いてしまうつもりでいる。

つゆくさ

雨に倒れながらも、つゆ草が咲いている。もうずいぶん前から南天の下などに根づいて毎年同じ所に咲いている。

古いことになるけれど、和菓子屋さんのショーウィンドーのディスプレーをしている友人から頼まれて、季節ごとにアートフラワーの草花を納めていたことがあった。その店の名菓に〝つゆくさ〟というものがあり、私は庭のつゆ草を観察しながら、少し花を大きくして作ったことがあった。

新宿支店だった店長さんがとても喜んで気に入ってしまい、季節が終っても、そのつゆ草はショーケースの中に長いこと飾られていた。

茂りすぎて、行き来のじゃまになるつゆ草を整理しながら、かつてお世話になったことを思い出し、少しためらいながら捨てている。

かたくりの自生地

きのこあれこれ

山道を歩きながら、ふと食べられそうなきのこに出会うと、うれしくて思わず声をあげてしまう。落葉の匂いのする数年前の秋、歩き仲間の三人で信州の天女山に登った。

その山中で、茶色い小さな頭のきのこをみつけ、時を忘れて採ったことがあった。〝これは食べられるきのこに間違いないわ〟と言うカンのいい友達の言葉を信じて、袋一ぱいとり溜めた。帰り道土地の男の人達に出会い、きのこを見せたら〝これは食べられるよ〟と太鼓判を押してくれたので一安心。宿の廊下に新聞紙を敷き、蒸れないようきのこを広げてごきげんで眠った。

佃煮にしたらおいしかった。几帳面な友達がきのこ図鑑で調べたら、ハナイグチという名らしいとのこと。今年の六月には枯れた桑の木に密生するキクラゲを採って帰り八宝菜に入れたら、これまたおいしかった。

クラス会で報告したら、珍らしいオニイグチモドキを見つけた人や、オオゴムタケという一見グロテスクなゼリー状のきのこを生食した人もいた。食用になる珍らしいきのこもたくさんあるらしい。と言っても、山で見つけたきのこが食用になるかならないか、それを見極めることは、まことに難しいことである。

きのこは不思議な生物だと思う。庭の草むらの陰に、ある日群生しているのを見つけて驚かされるけれど、いく日も経たないのに跡形もなく消えてしまう。昔の人もこの不思なものは神さまのくれた贈り物と感じたかもしれない。

中国では万年茸は霊芝と呼ばれ、シロキクラゲなどとともに不老長生の食物だと伝えられ珍重されている。深山幽谷に遊ぶ仙人の息吹きを感じたのだろうか?

霊芝は健康食品ブームでよみがえり、薬店などの売場に並んでいる。ヨーロッパでは、きのこは森の妖精の宿というイメージらしい。ベルギーのおもちゃ売場に白い斑点のある赤いきのこの置物を見かけ、これは毒きのこなのにと思っていたら、あちらでは赤いきのこは縁起がいいもので、病気見舞いなどに贈られるそうである。

きのこのドント焼きというのを教えてもらったのでご参考までに――。

きのこはバラエティー豊かに、しめじ、まいたけ、はつたけ、えのきだけなど石づきを取り小房にわけておく。

栄養、ビタミン補充に加えて、色どりも美しくなるので茹でたブロッコリー短冊切りのベーコンなど適当に。

熱したホットプレートの上にとりどりのきのこをまき散らし、ブロッコリーとベーコンを加え、オリーブ油をふりかけパラパラと塩、こしょうをまく。さっくりとかきまぜて蓋をしてちょっと蒸し焼きにするとできあがり。
・和風好みの方は、しょうゆを香りづけ程度に
・スタミナ作りには、とろけるチーズを適当に上にのせ、パセリのみじん切りを散らす
・あられに切ったソーセージは子どもさんに好評
食事は楽しく健康に――。

メル友

三年前のこと。「ケイタイは便利よ」と、鹿児島に住む友達に言われ、メールアドレスが届いた。すぐに駅前の販売店に行き、年寄りにも覚えやすいものをと頼んだら「かんたんケイタイ」をすすめられた。いわゆる、ガラケーである。

帰宅してマニュアルを読みながら、鹿児島の友にメールを送った。これが私のケイタイデビュー！　相手をしてくれるメル友のおかげで、私は飛躍的に上達していった。

ケイタイから彼女の近影が届き、私も何とか苦労して送り、六年ぶりにそれなりに年を重ねたお互いの顔と対面した。

彼女は青島(チンタオ)からの引揚げ者で各地に散らばった人々が、年に一回、東京で集っておしゃべりを楽しんでいる。時々、私とも会う機会を作ってくれた。

二〇一八年六月、私はこれが最後かもと思いつつ池袋で会い、デパートの食事処で楽しい食事をしてホテルで一泊した。

コロナ禍もあり彼女の上京もかなわず、その代り毎日のようにメールが届いた。
私も近況を伝え元気をもらっている。

アガパンサス

あとがきに代えて

身体の弱かった私をいつも案じて見守ってくれた父、そして母。
何事も勉強家の父は、歌作にはげみ、先に始めていた私を超えていきました。
この本の上梓にあたり、感謝の心を込めて父の歌を記します。

足馴らすとわが影追いて歩む時　ほとけの如き影のさびしさ
セメントの上冷たくまぐろは並べらる　閉じぬ眼に南の海の明るさ
鮮烈に故郷の夢たち来り　磁器焼く窯の火夜空をこがす
長病みの娘も繰り返し読みたらむ　押花幾つ茂吉の歌集より
朝まだき火炭（よな）振る駅に並び立ち　孫ら帰京の特急券買う
引揚げて三十年の住家を去る　天窓に遊ぶ鶺鴒を残し
わが婚に咲きいしあじさいの前に佇つ　辿り来て今金婚を迎う

略歴

岩永（いわなが） 昭子（あきこ）

1931（昭和6）年、鹿児島県生まれ
京城（ソウル）で育ち、戦後に引き揚げる
現在、東京在住

前著『風紋』（短歌新聞社）
　　『おりょうまんだら』（文芸社）

『エッセイ集　私の昭和』

2022年6月17日　第1刷発行

著者　岩永 昭子
発行　東銀座出版社
〒171-0014　東京都豊島区池袋3-51-5-B101
TEL：03-6256-8918　FAX：03-6256-8919
https://www.higasiginza.jp
印刷　創栄図書印刷株式会社